I0637334

*FRANCIS TESSON*

# LA
# PREMIÈRE GERBE

PARIS

E. DENTU, LIBRAIRE     LIBRAIRIE CENTRALE
17 ET 19, GALERIE D'ORLÉANS     24, BOULEVARD DES ITALIENS

M DCCC LXIII

LA

# PREMIÈRE GERBE

*Imprimé par Poupart-Davyl, et C<sup>ie</sup>,*
*30, rue du Bac.*

*FRANCIS TESSON*

# LA
# PREMIÈRE GERBE

PARIS

E. DENTU, LIBRAIRE     |     LIBRAIRIE CENTRALE
17 ET 19, GALERIE D'ORLÉANS | 24, BOULEVARD DES ITALIENS

1863

## A LAMARTINE

Avant de donner à son aire
Les épis dorés pour manteau,
Chez nous le colon débonnaire,
Sur l'autel du saint qu'il révère,
Offre une gerbe en ex-voto.


C'est peut-être un cœur bien superbe
Que d'oser, novice glaneur,
Suspendre ma première gerbe
Au seuil de ton temple d'honneur.

Avril 1863.

# LA PREMIÈRE GERBE

# SUR LE CADAVRE

## D'UN CHEVAL DE GUERRE

O mon vieux compagnon! pour la fois dernière
Ma main polissait donc les flots de ta crinière!
Qui m'eût dit, ce matin, lorsqu'à ton flanc riant
J'ai suspendu ma lance et t'ai dit : En avant!
Quand ton pied, que le frein pouvait tenir à peine,
Pour hâter le combat faisait sonner la plaine,
Qui m'eût dit que ce soir, ô mon vieux compagnon!
Tu ne répondrais plus à l'appel du canon,
Et que, frappé de loin par un boulet vulgaire,
Tu m'abandonnerais après dix ans de guerre?

Depuis le jour heureux où, le mousquet en main,
Du foyer paternel je quittai le chemin,
Où la France en péril m'apprit des jeux plus graves,
Et, me faisant soldat, m'admit au rang des braves.
Sans nous quitter jamais, sous vingt climats lointains,
Nous avons combattu pour les mêmes destins,
Nous avons affronté les mêmes funérailles :
Car tout nous fut commun, gloire, périls, batailles ;
Nous avions même part de lutte et de butin,
Et souvent au désert tu partageas mon pain.


Mais aussi quel coursier, dans notre armée entière,
Eut jamais ton front noble et la carrure altière ?
La gazelle enviait ta vitesse, et souvent,
Quand nous avions passé sur un terrain mouvant,
L'Arabe à l'œil rusé scrutait en vain le sable
Pour saisir de tes pas la trace insaisissable.
A l'appel du combat, ton col gonflé d'espoir
Se dressait ; mes genoux, en pressant ton flanc noir,
Sentaient l'artère en feu battre et palpiter d'aise,
Comme l'airain captif qui bout dans la fournaise :

Ton œil lançait l'éclair; ton naseau frémissant
Respirait à longs traits la fumée et le sang.
Puis, sur l'ordre des chefs, tous deux courbant la tête,
Nous passions hors d'haleine à travers la tempête.
Et l'ennemi tombait sous nos pas en courant,
Comme un roseau broyé par les flots d'un torrent;
Et, quand nous revenions au camp de la victoire,
Le butin des vaincus chargeait ta croupe noire,
Et nos chefs me disaient en me tendant la main :
— Soldat, combien vends-tu ton cheval surhumain?
— Rien! L'or ne peut payer le nœud qui nous rassemble.
Le boulet de la mort doit nous frapper ensemble !
Le boulet a frappé le coursier seul, hélas!
Et moi je lui survis, en pleurant son trépas.


Oui, je pleure sur toi, sur ta belle crinière,
Que souille maintenant la fange de l'ornière.
Je pleure ton regard dont l'éclair est voilé,
Ton cri que n'entend plus l'ennemi consolé.

Et ces jours et ces nuits de travaux et de gloire,

Dont ta mort, sous mes yeux, a rappelé l'histoire,

Tout mon passé si beau dans ta tombe endormi!...

Je pleure aussi sur moi, car je n'ai plus d'ami!

A ALBERT GLATIGNY

## CE QUE M'A DIT MA VOISINE

J'avais pour voisine une fille brune ;
Ses yeux noirs brillaient comme un double éclair ;
Paris, quoique grand ; n'en cachait aucune
Plus belle. — Elle était, perle peu commune,
Modeste. — Du moins elle en avait l'air.


Quand l'aube de mai commençait à naître ,
Quand le soir versait ses ombres sur nous,
Elle se penchait pâle à sa fenêtre,
Et je l'admirais, croyant voir paraître
La Mère de Dieu, qu'on aime à genoux.

Je n'osais parler, tant elle était belle;
Je n'osais troubler sa sérénité :
J'aurais craint que l'ange, entr'ouvrant son aile,
Ne s'enfuît soudain aux cieux; car, sans elle,
Qu'eût été ma vie! Un jour sans clarté.

Je n'avais qu'un nom, son nom sur la bouche;
Le soir, j'épiais son pas attendu;
Son rêve la nuit visitait ma couche :
Si bien que mon cœur, jusqu'alors farouche,
Se sentit étreint d'amour éperdu.

O l'amour!... Aimer! ne voir qu'un visage,
N'entendre, au milieu du bruit, qu'une voix,
Marquer d'un baiser de flamme au passage
La lèvre adorée... ou bondir de rage,
Maudire, et pleurer, et rire à la fois!

O la folle fièvre! ô la chose aride!
O l'enivrement qu'on regrette un jour,
Quand le cœur est sec et quand l'âme est vide!...
Ne trempez jamais votre lèvre aride
A la coupe d'or qu'on nomme l'amour.

Or, un jour d'avril, un jour que la plaine
Avait hasardé son gai manteau vert,
Ma voisine au bras, aux bords de la Seine
J'errais... De quel feu mon âme était pleine!
Que de visions dans le ciel ouvert!

Le ciel ce jour-là riait, fille d'Ève,
Idéal d'amour longtemps caressé.
La terre riait ce jour-là... l'ai-je rêvé
Pour qu'en un sanglot le rire s'achève,
Que faut-il parfois!... Un oui prononcé.

Les roseaux parlaient à l'onde plus lente,
Les lilas versaient l'encens ; près de nous
Deux oiseaux s'aimaient. — Sa tête indolente,
Effleura ma lèvre, et ma voix tremblante
Murmura tout bas : — Enfant, m'aimez-vous ?


Voulez-vous pencher, ô femme angélique !
Sur mon cœur meurtri vos yeux purs et francs ?
Voulez-vous, d'un pli de votre tunique,
Me faire un linceul ? — D'un ton satanique
Elle me dit : — Soit ! mon cher, c'est vingt francs.

# A M<sup>ELLE</sup> LUCIE VINCENT

Sois sage, obéis sans larmes,
Enfant qu'on vient de punir :
C'est pour ton bien à venir
Qu'une mère a pris les armes.
La vigne un jour se plaignait
Au vigneron qui rognait
Maint et maint cep inutile :

— Qu'ai-je fait? Je suis fertile,
J'ai des fruits à tombereau ;
Pourquoi me blesser? bourreau !
Sous ta main, rien ne demeure,
Chacun de mes membres pleure ;
Mes pampres, dans du printemps,
Sont flétris avant le temps.
Et ma ramure tranchée
Sur le sol gît dispersée.
Rien ne fléchit ta rigueur.
Frappe : arrache-moi le cœur !


— Cesse ta plainte frivole,
Je t'aime, ô ma vigne folle !
Et c'est pour te mieux parer
Que je viens te torturer.
Ces longs ceps que tu regrettes
Étaient des trames secrètes
Pour étouffer dans ton sein
L'or naissant de ton raisin.

Quand viendront les jours d'automne,
Cent grappes, riche couronne,
Perles au joyeux pourpris,
De tes pleurs seront le prix.


La vigne attendit soumise
La récompense promise.

# L'ALOUETTE PRISONNIÈRE

Hier, au fond du sillon, je vis sur sa nichée,
Mère aux instincts profonds, l'alouette couchée,
    Muette au sein du blé jauni.
Elle eut, pour m'implorer, un léger frisson d'aile ;
Mais, mû par un penchant pervers, sans pitié d'elle,
    Je pris la mère avec le nid.


Pas un voleur de nuit, pas un pirate sombre,
Nul vautour fauve, nul requin quand la nef sombre,
    Nul moine de Torquemada,
Nul bandit, nul n'aurait eu mon triste courage.
O mon cœur, quel enfer te soufflait donc sa rage
    Quand son œil doux me regarda !

Pour torturer le faible il faut un cœur de roche.
Sans oser soutenir son pleur ou son reproche,
　　Je l'emportai dans ma maison ;
Puis, palliant mon crime avec les cris moroses
Du remords, je voilai d'un horizon de roses
　　Les barreaux noirs de sa prison.

J'eus des fleurs, des gâteaux, de frais blé d'or pour elle.
Je lui donnai pour source un cristal ; son nid frêle
　　Dans la mousse fut abrité.
Je lui prodiguai tout... Triple insensé qui pense
Qu'il puisse être ici-bas un seul bien qui compense
　　La perte de la liberté !

Quand la porte fut close, et quand mon œuvre impie
Fut faite, et que la nuit sur la terre assoupie
　　Comme un manteau de plomb pesait,
J'invoquai le sommeil ; mais du sein des ténèbres,
Sans dormir, j'entendais, en des sanglots funèbres,
　　L'alouette qui gémissait :

-- Adieu, mes sœurs les étoiles,
Qui me berciez de rayons;
Lune, adieu : sur mes sillons
L'oiseleur a mis ses toiles.


Libre oiseau, sous l'œil de Dieu
Je dormais inalarmée...
Des blés, senteur embaumée,
Adieu! Doux sommeil, adieu!


Tant que dura la nuit, sa plainte solitaire
Dura; quand l'aube enfin vint sourire à la terre,
        Au rayon qui vint la dorer,
La captive, oubliant ses fers, prit sa volée
Vers Dieu. Mais, aux barreaux heurtant, la pauvre ailée
        Tomba. Je l'entendis pleurer:

— Il n'est plus d'aube sereine
Qui m'invite à son lever;
Plus d'azur pour élever
A mon gré mon vol de reine.


Il n'est plus de frais buisson
Pour mes ailes vagabondes,
Plus d'hymne aux strettes fécondes
Pour annoncer la moisson.


Été, donne tes promesses
A d'autres; jeune Orient,
Voile ton front souriant;
Soleil, garde tes caresses.


La douleur veille au barreau
Du captif... Humble victime,
Apprends-moi quel est mon crime,
Toi qui t'es fait mon bourreau !

Or, tant qu'elle pleura je sentis par bouffées

Sourdre sous mes cils durs des larmes étouffées ;

Je sentis se tordre mon cœur,

Ainsi qu'un patient qui se tord sous la roue...

Puis la honte, à la fin, mit sa pourpre à ma joue,

Et l'instinct du bien fut vainqueur.


Je rompis les barreaux, ô cage criminelle !

Que la brise épancha de parfums sous son aile !

Que le ciel eut de gais rayons !

Que l'extase en mon cœur fit sonner chaque fibre

Quand l'oiseau, libre enfin, s'envola dans l'air libre,

Comme un ange des visions !


Longtemps, du haut du ciel, la joyeuse envolée

A tous les vents jeta sa chanson consolée !

Sa chanson disait : — Liberté !

Moi, je lui répondis : — O fleur du champ céleste,

Livre à l'oubli profond, sans qu'une ombre t'en reste,

Mon nom et la captivité.

2

Oh ! garde-toi surtout d'avertir les compagnes !
Ne conte point ma faute aux oiseaux des campagnes,
Dont le chant est pour moi si beau ;
De peur qu'en me voyant ils ne fuient dans l'espace,
Et que la plaine en deuil ne m'offre, quand je passe,
L'affreux mutisme du tombeau.


Aux pleurs de ton geôlier sois bonne. Dans la mousse
Pourquoi te cachais-tu si riante et si douce ?
Ta beauté m'a fait criminel :
Il faut me pardonner : Dieu, que ton aile effleure,
Dieu se plaît à donner au repentir qui pleure
Le pardon, ce baume éternel !

# LE CHEMIN DE FER

## I

Notre siècle aura dans l'histoire,
Parmi tous les siècles rivaux,
Par ses hauts faits et ses travaux,
La place la plus méritoire :
Pour escorte il eut en naissant,
Royal vainqueur, des rois par cent,
Et cent batailles couronnées;
Puis, comme un soleil d'Orient,
Il s'en va, fécond et riant,
Vers le temple des destinées.

Nulle oreille n'entend crier
La voix des mères alarmées
Lorsqu'il passe, car ses armées
N'ont pour glaive que l'olivier.
Le travail a tué la guerre :
Livrez à l'usage vulgaire
Le dard qu'un autre âge a forgé,
L'équité pèse en sa balance
Tous les droits ; l'acier de la lance
En soc de charrue est changé.


Plus d'Alpes, plus de Pyrénées :
Plus de partis et plus de nom !
Fils d'un passé mort, le canon
Est un vieillard de mille années.
Le commerce a joint tous les cœurs.
Des rois vaincus, des rois vainqueurs,
La querelle antique est vidée.
L'Europe est un champ de repos
Où flottent les mêmes drapeaux,
Où germe en paix la même idée.

Voyez-vous Londres, Pétersbourg,
Paris et cent villes encore,
Qui s'embrassent à chaque aurore
Comme des sœurs d'un même bourg!
Les voyez-vous toutes, mains pleines
Des trésors éclos dans leurs plaines,
Avec un souris gracieux,
Echanger chacune à chacune
Le fruit aimé qui manque à l'une
Et que l'autre a reçu des cieux?


Il n'est plus de roc ni de sable
Qui suffirait, comme jadis,
Pour opposer aux plus hardis
Une barrière infranchissable.
Les fils d'Espagne au sol brûlé,
Ceux que le Balkan reculé
Nourrit de sa neige éternelle,
Peuvent, inconnus le matin,
Le soir, dans un commun festin,
Vider la coupe fraternelle.

## II

Un double rail de fer qui rase un sol uni
Vers l'horizon sans fond s'allonge à l'infini :
Il est le guide sûr, il est la libre arène
De la machine en feu qu'il contient sous la rêne.
Les chars sont enchaînés, et l'eau dans sa prison
Bouillonne. — Les chevaux, couchés sur le gazon,
N'auront plus à fournir des courses effrénées.
Pour mener l'homme où tend le vol de ses années,
Pour suivre ce géant dans ses travaux sans noms,
Il fallait un autre aide et d'autres compagnons ;
Il lui fallait surtout, à ce roi de la terre,
Un robuste coursier qu'aucun travail n'altère,
Dont les muscles, toujours tendus, un seul moment
N'allanguissent jamais l'éternel mouvement.

### III

Chauffeur, de la braise!
Que nul frein ne pèse
Et que la fournaise,
Sur son lit de fer,
Ronfle et hurle d'aise,
Comme un feu d'enfer!


Il part, et rien ne l'arrête;
Il part, le coursier d'airain :
Les rochers courbent leur crête
Sous son talon souverain

    Les vallées
    Sont comblées
Pour aplanir son chemin.

Hourra! plus d'espace!
Sous nos yeux tout passe,
Tout fuit, tout s'efface :
Toits, forêts, grands monts :
On dirait la trace
D'un vol de démons.


Le piston s'abat, s'élève,
S'abat, se relève encor;
L'essieu brûlant qu'il soulève
Tourne et double son essor;
Et la roue
Vole et joue
Comme au ciel un disque d'or.


Flots qu'un joug irrite
Plomb qu'on précipite,
Tempête conduite
Par les quatre vents,
Ne vont qu'à la suite
De ses pas géants.

Comme une ombre sur la plaine,
Il passe; le sol tremblant
Gémit; une ardente haleine
En sifflant sort de son flanc.

  Son écume

   Dans la brume

Flotte en long panache blanc.


 Quel souffle t'anime,
 Ma locomotive?
 Quelle âme est captive
 Dans ton sein bruni,
 Pour fournir si vive
 Ton rôle infini?


Au foudre as-tu pris son aile?
As-tu les pieds de l'éclair?
Es-tu l'essence éternelle?
Est-ce toi, feu noble et clair,

  Que l'athée

   Prométhée

Ravit aux foyers de l'air?

Astre au col sonore,
Faut-il qu'on t'abhorre?
Es-tu météore
D'avenir fatal?
Es-tu blanche aurore
De l'âge idéal?


Oui, c'est l'aube, le mirage;
C'est l'âge d'or tant vanté
Que la vapeur nous message ·
J'ai vu luire à son côté
Vos deux ailes,
Sœurs jumelles,
Douce Paix et Liberté!


Liberté qui fonde
Et Paix qui féconde
Vont sur notre monde,
Comme le vanneur,
De sa gerbe blonde
Semer le bonheur.

De siècle en siècle épurée,

L'essence humaine, à longs traits,

Trempe sa lèvre altérée

A la coupe du progrès;

    Se soulève,

      Et sans trêve

Tend vers de plus purs sommets.


Va! marche sans crainte,

Humanité sainte;

Que ta forte empreinte

Use le chemin :

L'idéal divin

Sera ta conquête,

Puisque Dieu te prête

Son coursier d'airain.

## IV

O toi qui découvris cette puissance occulte,
Prophète méconnu d'un grand et nouveau culte!
O de Caus! ô dompteur dont le bras souverain
A cet ardent coursier a mis le premier frein!
Apôtre du progrès, martyr dont le génie
A rongé le pain noir qu'on jette à la folie,
Toi qui n'eus pour rayon que l'insulte et l'oubli,
O Salomon de Caus! notre siècle, ennobli
Par ta longue douleur, par ta veille féconde,
Par ton secret qui donne un vaste empire au monde,
Ce siècle, avant-coureur d'un avenir plus beau,
S'incline avec respect auprès de ton tombeau :
Car ton rêve, ô penseur, n'était point chimérique;
Car ton monde, ô Colomb, c'était bien l'Amérique,
L'Amérique au sol vierge, à l'immense trésor,
L'Amérique aux sillons gonflés de sables d'or;
Car ton rocher était le rocher de Moïse;
Car tu nous a conduits sur la terre promise;
Car dans la nuit profonde et sous la nue en feu,
Ton œil avait bien lu l'un des secrets de Dieu.

# LE RETOUR DU CAPTIF

— D'où viens-tu, mon beau fugitif ?
— D'un vol rapide à perdre haleine.
J'accours d'une cité lointaine,
Où j'étais retenu captif.
Des tresses d'or formaient ma chaîne :
La reine de sa blanche main
Me versait l'onde la plus pure,
Tressait la plus fraîche verdure,

Égrenait le mil le plus fin :
Jamais hirondelle rieuse,
N'eut sous le lilas printanier
Un nid de mousse plus soyeuse;
Mais est-il une heure joyeuse
Quand on est seul et prisonnier?
Je lui dis . — O reine si belle,
Joignez la grâce à la beauté;
Laissez-moi fuir à tire-d'aile :
Je préfère la pauvreté,
Près de ma compagne fidèle.

# PHŒBÉ

La rose a prêté son charme à la joue;
　　Ton teint est si blanc
Qu'il est envié du cygne qui joue
　　Dans le flot tremblant.


On dit qu'en secret ton pinceau mélange
　　La poudre de riz
Au fard... A mes yeux qu'importe, ô bel ange,
　　Surtout quand tu ris?

Ton rire est puissant comme un chant d'église
    Qui fait tressaillir,
Et ta lèvre en fleur semble une cerise
    Qu'on voudrait cueillir.


As-tu dérobé, folle courtisane,
    Au rire engageant,
Pour ta bouche rose, à la mer Persane
    Ses perles d'argent?


Entre mes dix doigts ta taille hardie
    Tiendrait aisément;
Je n'ai point mètré ta jambe arrondie,
    Mais ton pied lui ment.


Et ta gorge!... Est-il un seul roi d'Asie
    Qui n'eût entrepris
D'avoir à poids d'or, ô mon Aspasie,
    Ta gorge sans prix?

Son double sommet arrondi s'irrite
 Du corset étroit,
Ainsi que deux flots que la brise agite
 Au fond d'un détroit.


Mais le cœur, ce rien qui donne à la femme
 Un reflet divin ;
Le cœur, ce parfum d'en haut, cette flamme,
 Je le cherche en vain.


Tu livres ton corps à mes jeux sans trêve...
 O rêve insensé !
Puisque rien n'échauffe et rien ne soulève
 Son marbre glacé.


Tes yeux ont toujours la même étincelle,
 Un amour moqueur :
Voilà le seul feu que ton sein recèle.
 Où donc est ton cœur ?

*Dieu, lorsqu'il te fit, te trouvant si belle*

*Qu'il fut ébloui,*

*Aura, dans un coin, gardé, ma rebelle,*

*Ton cœur près de lui.*

# ROUGE-GORGE

Rouge-gorge de ce bocage,
Voici que les autans jaloux
Ont flétri le nid de feuillage
Où s'abritaient tes chants si doux.
Du Nord sens-tu la froide haleine?
Voici que l'hiver sur la plaine
Étend partout un blanc linceul.
Plus de fleurs, plus de nourriture.

L'hiver a tari la nature :
Que vas-tu faire faible et seul ?
Viens avec moi : je rendrai douce
Pour toi cette amère saison ;
J'ai des fleurs, des grains, de la mousse.
Un nid soyeux dans ma maison.
Ton existence est assurée ;
Viens : je suspendrai ton berceau
Aux murs d'une cage dorée !


— Garde tes dons, me dit l'oiseau :
Je préfère la plaine immense
Dans son aride nudité.
Souffrir m'est doux, en vérité,
Si pour compagne de souffrance
J'ai près de moi la liberté.

# LA NUIT DE NOEL

### Ballade

Quels sont ces bruits joyeux qui courent sur la plaine?
La cloche de la tour s'envole à perdre haleine,
Et, livrant son message aux quatre vents du ciel,
Dit : — Joie à tous, Noël ! — Et l'écho dit : — Noël !
Noël, c'est le pardon, c'est la nuit sainte et douce,
La nuit où les bergers quittaient leur lit de mousse
Pour porter des présents à l'enfant nouveau-né;
La nuit où par le Ciel tout pleur est pardonné.
Les chrétiens du hameau, parés d'habits de fête,
Vont au temple en chantant les hymnes du prophète.

Mais la nuit est sans lune, et d'étranges frissons
Soulèvent par moments le sein nu des buissons.


— Pourquoi ne pas vous joindre à vos blanches compagnes!
D'où vient que vous errez à travers les campagnes,
Toutes trois, dans la nuit, ô reines du manoir
Dont le Loir en ses flots reflète le mur noir?
Pourquoi ne pas prier quand tout le hameau prie?
Encor si pour vos pas la pelouse fleurie
Déroulait ses tapis; si du soir jusqu'au jour
Les brises du printemps invitaient à l'amour!...
Mais les bois sont flétris, la plaine est sans verdure.
Un froid linceul de neige a voilé la nature;


Et la nuit est sans lune, et d'étranges frissons
Soulèvent par moments le sein nu des buissons.

— Qui, nous, prier ton Dieu!... Le sorcier notre père

L'a vaincu, si l'on juge aux œuvres qu'il opère :

Le flot connaît sa voix; aux vents il met un mors;

Il fait tomber la grêle, il évoque les morts.

Ton Dieu! Mais nos aïeux sur une croix infâme

L'ont fait périr, Dieu faible, homme né d'une femme!

Et voici son gibet. Je sens mon sang qui bout

En voyant cette croix là-bas toujours debout.

Venez! Que le gibet s'abatte et que la tombe

Engloutisse avec lui la déité qui tombe!


La nuit était sans lune, et d'étranges frissons

Soulevaient par moments le sein nu des buissons.


La neige sous leurs pieds, que poussait le délire,

Craquait et soupirait comme un mourant soupire,

Quand sur son lit funèbre, et sous l'œil du remord,

Son âme, avant de fuir, lutte contre la mort,

La neige gémissait. Les trois sœurs, en démence,

Ont enlacé leurs mains : l'acte maudit commence.
Les pas pressaient les pas, et le chœur infernal
Sur le fond du ciel noir brillait comme un fanal.
Et les trois sœurs, du pied frappant la croix de pierre,
Ricanaient : — Dieu qui dors, lève enfin ta paupière!


La nuit était sans lune, et d'étranges frissons
Soulevaient par moments le sein au des buissons.


Les pas pressaient les pas... Minuit dans la vallée
Vit bondir en passant la ronde échevelée,
Sans que son cri plaintif, répété douze fois,
Des sœurs qui blasphémaient pût étouffer la voix.
Les pas pressaient les pas... De leur bouche oppressée
S'échappait en sifflant une haleine embrasée.
La sueur à grands flots perlait leur front haineux,
Et sur leur tempe en feu collait leurs noirs cheveux.
Pourtant le vent du nord, avec des cris sauvages,
Sur l'univers glacé redoublait ses ravages.

*La nuit était sans lune, et d'étranges frissons*
*Soulevaient par moments le sein nu des buissons.*

*On dit qu'un cercle affreux d'esprits et de vampires*
*Environnait les sœurs en étouffant des rires,*
*Et que Satan lui-même, accouru des enfers,*
*A leur vue oublia ses tourments et ses fers.*
*De son haleine impure il activait la ronde...*
*En vain, pour terminer leur course vagabonde,*
*Les trois sœurs ont tenté de délacer leurs mains :*
*Leurs doigts sont enchaînés par des nœuds surhumains.*
*En vain leurs pieds meurtris refusent la cadence :*
*Un bras plus fort les pousse et redouble la danse.*

*La nuit était sans lune, et d'étranges frissons*
*Soulevaient par moments le sein nu des buissons.*

L'ange qui veille au seuil de la sainte demeure,
Et que la terre au ciel message d'heure en heure,
Quatre fois en pleurant et se voilant le front,
Vit femmes et démons qui s'agitaient en rond.
Mais aux premiers regards de l'aurore naissante
Tout disparut soudain... Une onde croupissante,
Au lieu des églantiers et des fleurs d'autrefois,
Ceignait de ses replis les marches de la croix. .
De son sein s'exhalaient des miasmes étranges.
Seuls, trois crapauds hideux rampaient parmi ses fanges.


Le soleil était pâle, et d'étranges frissons
Soulevaient par moments le sein au des buissons.

# L'AMOUR PRISONNIER

Sur les bords du Permesse, un jour,
Les Muses surprirent l'Amour;
Il dormait. Des fleurs de la plaine,
Les neuf sœurs formant une chaîne
L'enlacent d'un lien furtif.
L'Amour s'éveille; il est captif.

Depuis ce temps Vénus la blonde
Cherche son fils, parcourt le monde,
Offre de l'or pour sa rançon...
Tu cherches en vain, pauvre mère,
L'Amour a perdu la raison :
Plutôt qu'être libre, il préfère
Les nœuds de fleurs de sa prison.

# LE NAUFRAGE DE LA SÉMILLANTE

Épisode de la guerre de Crimée

Les braves sont tombés, mais l'airain des batailles
N'a point sonné pour eux le glas des funérailles.

    Cueillez le funèbre cyprès !
    De mon front où le deuil se pose,
    Tombez, joyeux festons de rose,
    Cédez à l'arbre des regrets :

Et toi, ma lyre, à ma pensée
Prête les accents du malheur,
Réservons pour un jour meilleur
L'hymne de fête commencée.

Pleure, ô fille de France! en vain ton œil lassé
Demande aux flots l'esquif portant ton fiancé.

Oh! qu'elle était puissante et belle,
La SÉMILLANTE, à son départ!
Des fleurs ceignaient son étendard,
Un vent de gloire enflait son aile;
Aux guerriers qui chargeaient ses ponts
Le flot soumis semblait sourire...
Calme imposteur! fatal navire!
O mer, rends-nous nos légions!

*Les braves sont tombés; mais l'airain des batailles*
*N'a point sonné pour eux le glas des funérailles.*

*Et pourtant d'un œil souriant*
*Ils suivaient l'aigle de la France,*
*Quand, plein de force et d'espérance,*
*Il prit son vol vers l'Orient.*
*A leurs bras, qu'arma la Patrie,*
*Le poids du fer semblait léger,*
*Leur cœur appelait le danger,*
*Ils cherchaient la terre ennemie.*

*Pleure, ô fille de France! en vain ton œil lassé*
*Demande aux flots l'esquif portant ton fiancé.*

*Ils auraient sur le sol Taurique*
*Moissonné d'immortels lauriers;*

Ils auraient revu leurs foyers  
Au bruit de l'ivresse publique ;  
Ou du moins la main du trépas  
Les eût frappés dans la mêlée :  
L'âme du brave est consolée  
Qui tombe au milieu des combats.


Les braves sont tombés ; mais l'airain des batailles  
N'a point sonné pour eux le glas des funérailles.


Flots des mers, pourquoi ce courroux !  
Respectez leur nef, ô tempêtes !  
Feux du ciel, épargnez leurs têtes !  
Éléments, suspendez vos coups !  
Du rivage, pâles, tremblantes,  
Leurs mères leur tendent les bras,  
Leur voix en vain conjure, hélas !  
La fureur des vagues sanglantes.

Pleure, ô fille de France! en vain ton œil lassé
Demande aux flots l'esquif portant ton fiancé.


Les vents sifflent, la foudre gronde,
Les mers ouvrent leur lit sans fond;
Sous le poids du mât qui se rompt
Le vaisseau s'abîme dans l'onde;
Mais, des destins victorieux,
Vainqueurs par leur mâle énergie,
Les héros, en quittant la vie,
Ont des chants pour derniers adieux.


Les braves sont tombés; mais l'airain des batailles
N'a point sonné pour eux le glas des funérailles.


Sois maudit, ô fatal écueil!
Hélas! quels guerriers magnanimes

En ce jour tu prends pour victimes!
La fleur des preux est au cercueil.
Sois maudit! A ton flanc perfide
En vain se rattachaient nos fils :
Tu jetas leurs sanglants débris
En jouet à l'onde homicide.


Pleure, ô fille de France! en vain ton œil lassé
Demande aux flots l'esquif portant ton fiancé.


Vous qu'une mort si décevante
Frappe au début de vos sentiers,
Vous ne mourrez pas tout entiers,
Naufragés de la SÉMILLANTE.
La gloire a choisi pour hérauts
Les bardes que le ciel inspire;
Et tout deuil mené par la lyre
Échappe à l'oubli des tombeaux.

Sur les braves tombés loin du choc des batailles

Le barde a fait gémir l'hymne des funérailles;

Et la fille de France, exhalant ses douleurs,

Au bord des flots sanglants a versé de longs pleurs

## SUR LA MORT D'UN ZOUAVE

Il est couché sur la poussière!
A voir sa lèvre calme et son air menaçant,
On dirait qu'un sculpteur l'a fait d'un bloc de pierre,
On dirait qu'un songe, en passant,
Pour un sommeil d'une heure a fermé sa paupière.

Son sein refoulait sans ployer
Tous les efforts de la tempête,
Et quand nos bataillons, qui semblaient tournoyer,
Au mâle appel de la trompette
Avaient peine à se rallier,
Lui, défiait le sort et portait haut la tête :
La mitraille, dix ans, n'osa le foudroyer.


De sa balle aucun but ne trompait la justesse :
L'aigle d'un œil moins sûr, fixe du haut des airs
Le point que sa fureur caresse ;
Et ses pas luttaient de vitesse
Avec le chacal des déserts.


Qu'est devenue, hélas ! la force de son bras ?
Pourquoi son pied si prompt reste t-il immobile ?
D'où vient que son turban, l'effroi du noir Kabyle,
Qui brillait comme un astre au plus fort des combats,
A roulé de son front, comme un hochet débile
Qu'un enfant brise sous ses pas ?

Nous ne te verrons plus, ô notre frère d'armes,
Te lever avec nous au signal des alarmes :
Sous un ciel étranger nous t'allons laisser seul.
Bientôt croîtra sur toi la mousse funéraire,
  Et le pâtre de la bruyère
Ne saura pas un jour, en foulant cette pierre,
    Qu'un brave y dort dans son linceul.


O vous, brises du soir qui passez sur la plaine,
Respectez dans vos jeux le lion endormi ;
    N'effleurez son front qu'à demi,
    En le baisant de votre haleine.
Ne contez point sa mort au fils de l'ennemi,
De peur qu'il n'en conçoive une joie inhumaine,
De peur qu'un long effroi dont son cœur a frémi
    Ne succède un espoir de haine.


  Mais si l'aïeule aux pas tremblants,
  Sur son seuil attend en prière

Le brave dont ce sol est la couche dernière,
　　　Pour épargner ses cheveux blancs,
O brises, dites-lui : — Sur la terre lointaine,
Dans les bras d'une épouse il s'endort honoré;
　　　Il a la gloire pour marraine,
Et pour lit nuptial un drapeau déchiré.


Plaçons à ses côtés son beau fusil de guerre,
Tout surpris aujourd'hui de se voir sans tonnerre,
Quand partout le combat se mêle en rugissant;
　　　Et sa baïonnette affamée,
Réclamant, mais en vain, sa part accoutumée,
　　　Sa part de carnage et de sang.


　　　Ornons sa poitrine glacée
　　　Du joyau le plus précieux,
De l'étoile d'honneur, cette fille des cieux,
　　　Qui fixait toute sa pensée.
　　　Avec un essor surhumain,

Il la chercha dix ans à travers la mitraille :
Qu'elle soit aujourd'hui sa croix de funéraille,
Et qu'il puisse à son tour (lorsqu'au séjour divin
    Il trouvera sur son chemin
Les guerriers d'Austerlitz, si fiers de leur bataille),
Leur dire en souriant, et leur donnant la main :
    — Frères, je suis de votre taille!


Mais la voix du clairon nous rappelle au combat :
Au combat! l'homme agit, les pleurs sont pour la femme!
Quand le guerrier fléchit sous le coup qui l'abat,
    C'est la vengeance qu'il réclame...
Allons donc lui dresser, pour réjouir son âme,
    Une hécatombe de soldat.

# FLEUR DES CHAMPS

### Légende

Alice avait seize ans, seize printemps remplis
D'oiseaux, de soleil et de roses;
Des yeux noirs, un front blanc, où les soucis moroses
N'avaient jamais tracé de plis,

Plus rire qu'une fauvette,
Plus folle qu'un papillon,
Et la danse toujours prête,
Et toujours prête au sillon.

Ses chansons, perles ailées,
Dans les blés, soir et matin,
Fuyaient ses lèvres perlées;
Sourire était son destin.


Elle était sévère et belle;
On l'aimait. Les plus hardis
Disaient : — Gardez-moi près d'elle,
Dieu, ma place au paradis!


Vint Ulric le chasseur. C'était un gentilhomme
De mine fière et de haut lieu;
Ses éperons sonnaient, et sous ses habits d'homme
On eût dit l'allure d'un dieu.


L'or glissait sous ses doigts comme une eau vagabonde;
Son beau fusil damasquiné
Faisait parler la poudre à tous les coins du monde :
Pour la chasse Ulric était né.

Mais il oublia tout, chamois, chasse hurlante,
    Gais compagnons, cor qui rugit;
Il regarda la vierge... Elle, simple et tremblante,
    Baissa ses cils noirs et rougit.


    — Prends garde à ton cœur, fillette!
    Lui dit le moineau moqueur;
    Et l'écho furtif répète
    Tout bas : — Prends garde à ton cœur!


    Le papillon diaphane,
    Sur son épaule arrêté,
    Dit : — Prends garde! la beauté
    Au moindre souffle se fane.


    — Prends garde! dit à son tour
    La cloche mélancolique :
    L'âme la plus angélique
    Se brûle aux feux de l'amour.

Voix des champs, bruits lointains que l'oreille étonnée
　　Accueille avec ravissement,
Quand l'haleine du soir rafraîchit la journée
　　Nous venez-vous du firmament?


Est-ce la fleur qui rit, est-ce l'oiseau qui chante,
　　Est-ce la source au fond des bois
Qui murmure en fuyant sa plainte si touchante,
　　Ou Dieu qui parle par leur voix?


Ces bruits mystérieux qui sonnaient sur la route,
　　Ces mots de paix et de vertu,
Échos venus du ciel pour éclairer ton doute,
　　Alice, les entendis-tu?...


　　　Quand vint la saison nouvelle
　　　Où la gaîté prend l'essor,
　　　Je parcourus les blés d'or,
　　　Demandant : — Où donc est-elle?

Dites-moi donc, ô moissons!
Où se cache votre reine,
Et sous quels cieux elle égrène
Ses seize ans et ses chansons.


— Va plus loin, me dit la brise.
La brise en parlant pleurait,
Et le blé d'or murmurait :
— Va plus loin, près de l'église.


Je vis près de l'église un rosier sans fraîcheur
Sur une tombe desséchée...
Pauvre Alice! l'Amour, ce terrible faucheur,
Dans le champ des morts t'a couchée!

# DESPERANZA

Le gazon jaunit, le gazon qu'argente
 L'onde plus changeante
 Qu'un ruban moiré;
L'automne pâlit; l'hiver feuille à feuille
 Dans mon âme cueille
 Le rêve éploré.

5

Toisons du printemps, floraisons divines,
        Que d'âpres ravines
        Cachent vos beautés!
Et que tu sais bien déguiser, ô femme,
        Pour meurtrir notre âme,
        Tes aspérités!


Quel démon jaloux te mit sur ma route!
        Au vent noir du doute
        Pourquoi m'as-tu pris!
A qui n'a connu que la nuit funèbre,
        Lumière et ténèbre
        Sont d'un égal prix.


Mais tu fus l'étoile et l'aube sereine,
        Tu fus la marraine
        D'un nouveau destin.
Je crus voir en toi la lumière blanche
        Qui pure se penche
        Aux bras du matin.

Le cerf altéré que la source invite
    Aux flots, court moins vite
    Que je ne courus
A toi, promettant ton amour sans ride
    A ma lèvre aride,
    Quand tu m'apparus.


Quel jour enchanté! Quel ciel plein de flammes!
    Nous nous enrôlâmes
    Au bruit des chansons,
Comme deux captifs qui brisent leurs chaînes,
    Parmi les grands chênes,
    Parmi les buissons;


Parmi les parfums, parmi les murmures,
    A peine âmes mûres,
    Gaîment nous errions.
Disant nos amours, contant nos surprises
    A toutes les brises,
    A tous les rayons.

Les fleurs retournaient leur tête mutine
    Pour voir la bottine;
      Les oiseaux moqueurs
Jasaient; les bouleaux cachaient sous leur ombre
    Les serments sans nombre
    Qu'échangeaient nos cœurs.


Vous étiez témoins, vallon, roc sauvage;
    Roseaux du rivage,
    Vous étiez témoins;
Ses pleurs, ses soupirs... si mes mains lassées
    Se sont délacées
    Et si j'aimais moins!


Oh! l'ardent baiser que versa sa lèvre
    Pour guérir la fièvre
    Qui brûlait mon sang!
Extase sans nom des amours premières!
    Visions! lumières!
    Rêve éblouissant!

Le gazon jaunit, le gazon qu'argente
      L'onde moins changeante
      Qu'un serment juré.
L'automne pâlit : l'hiver feuille à feuille
      Dans mon âme cueille
      Le rêve éploré !

# ANTHÈME

Mes illusions d'un jour,
Comme des feuilles d'automne,
Tombent, tombent sans retour;
Un dernier fleuron d'amour
Restait seul à ma couronne.

Sur ce trésor, à genoux

Nuit et jour, craintif avare,

Je veillais d'un œil jaloux.

Hélas! un vent de courroux

L'a brisé d'un choc barbare.


Comme un rêve du matin

Nos amours sont terminées...

Les fleurs qu'attacha ma main

A ton corset de satin

Ne sont point encor fanées!


Le pardon n'est plus permis;

Tu me quittes, vierge folle,

Pour un autre qui, mieux mis,

Au bal hier t'a promis

Or, bijoux, destin frivole.

Tu couronnais l'avenir
Où mon espoir se hasarde,
Car je l'aimais à mourir.
Oh! pourquoi n'eus-je à l'offrir
Que ma lyre et ma mansarde!

Enfant, c'était le repos :
Ici-bas, chaque sourire
A pour frères deux sanglots;
Et plus bruyants sont les flots,
Plus à plaindre est le navire.

Ta fuite emporte à jamais
Loin de moi rires et joie.
Ainsi que moi désormais
Puisses-tu, toi que j'aimais,
Pleurer sous l'or et la soie!

Le remords aura son tour :
A ma porte bien connue
Tu viendras frapper un jour ;
Mais tu n'auras plus l'Amour
Pour annoncer ta venue.


L'oiseau ne va point poser
Son nid sur le chêne aride ;
Garde-toi de t'abuser :
L'Amour n'a plus de baiser
Pour un front chargé de ride.


Le souffle de l'aquilon
Met en fuite l'hirondelle ;
Au déclin de la saison,
Ainsi fuiront ta maison
Les amants, troupe infidèle.

Comme ils riront de bon cœur,
Tous ces papillons dont l'aile
Se prit à ta lèvre en fleur!
— Quoi! dira l'essaim moqueur,
Est-ce toi qui fus si belle?


Arme-toi de fausses dents,
Cherche un fard pour ton visage,
Du noir pour les cheveux blancs :
L'orgie a des feux ardents
Qui vieillissent avant l'âge.


Entasse atour sur atour,
Cache ta gorge flétrie
Sous l'ovale arrondie au tour,
Qu'une robe à grand entour
Cache la jambe maigrie!

Soins perdus!... L'amour divin
Cherche jeunesses divines,
Frais rayons, fleurs du matin;
Tu veux l'appeler en vain :
Il fuit les vieilles ruines.

# UN PUITS ARTÉSIEN DANS LE DÉSERT

Chant arabe.

## I

O source qui dors enchaînée
Sous les sables du Sahara,
Hâte la saison fortunée
Où ton noir cachot s'ouvrira !

Qui te retient! Tu crains sans doute,
Molle esclave d'un frais séjour,
Que l'écueil ne ferme ta route,
Que ton flot ne s'altère un jour.


Ne fuis pas, ma douce captive,
L'aspect de ce sol désolé :
Le bonheur viendra sur la rive
Où ton flot pur aura coulé.


Jamais scheik du pays du hâle
Et sa houri n'aura tenu
Plus frais rameaux sur son front pâle,
Tapis plus doux sous son pied nu.


Tu pourras, suivant ton caprice,
Dormir sur un sable poli,
Ou plus ardente entrer en lice
Avec les cailloux de ton lit.

Les dattiers étendront leurs branches
En berceau sur ton front vermeil ;
Et la rosée, en perles blanches,
Viendra couronner ton sommeil.


Et les rossignols ; et les roses,
Et les blés d'or et les maïs
Chanteront tes métamorphoses,
O mamelle de mon pays !


## II


Sans toi, proscrits de grève en grève,
Nous irions, tribus en lambeaux,
Réclamer par la voix du glaive
Une patrie ou des tombeaux.

Nous n'avions plus pour nos chamelles
Ni source ni gazon fleuri,
Le Simoun sous ses sombres ailes
En ces lieux avait tout flétri.


Déjà nos femmes haletantes,
Le cœur serré, les yeux en pleurs,
Se hâtaient de lever les tentes
Avant la saison des chaleurs.


De vos tombeaux, ô nos vieux pères,
Nos mains allaient briser le seuil;
Aux sentiers d'exil, pour bannières,
Nous eussions pris votre cercueil.


Mais la nuit fait place à l'aurore,
Dieu rend la joie au cœur troublé,
Et l'on voit les roses éclore
Quand le Simoun s'est envolé.

*Allah! gloire, amour à la France;*
*La France a compris nos sanglots,*
*Et frappant le sol de sa lance*
*Elle a dit : — Sable, sois des flots!*


## III


*A sa voix puissante et rapide,*
*Le sable ardent a tressailli,*
*Le roc ouvre son flanc aride,*
*Et libre enfin l'onde a jailli.*


*Elle jaillit pure et pressée,*
*Elle s'élance en jets charmants,*
*Retombe en larmes de rosée*
*Et s'irise de diamants.*

6

Oh! qu'elle est pure, qu'elle est belle,
Plus claire qu'un miroir d'acier,
Plus vagabonde et plus rebelle
Que l'élan fougueux d'un coursier!


Bientôt, comme une aimable reine
Visitant ses peuples nouveaux,
Plus calme elle effleure l'arène
Et serpente en mille canaux.


Joyeux nids d'amour où, dans l'ombre,
Rieuses, sous l'aile du soir,
Près des guerriers au regard sombre
Bien des houris viendront s'asseoir.


O source, que ton eau qui jase
Avec les roseaux indiscrets,
Soit muette sur leur extase
Et garde en dépit leurs secrets.

Afin que chacun te bénisse :
La vierge au front plein de rougeur,
Le champ fécond, et la génisse,
Et le coursier du voyageur.


O voyageur, suspends ta course
Dans ce douar que l'été hâla ;
Prends ta part à l'eau de la source,
Prends ta place au festin d'Allah !

# LE DERNIER CHANT DU CORSAIRE

Quoi! vers des bords lointains, joyeuse, à tire d'aile,
Sans moi tu prends l'essor, ô ma chère infidèle!
Tu fuis, ô ma corvette, et ton hourra vainqueur
Arrive jusqu'à moi comme un adieu moqueur,
Comme un ricanement (devrais-tu le permettre!)
Qui brise en pleurs amers l'âme de ton vieux maître!

Fallait-il donc, trente ans, sous vingt cieux étrangers,

Souffrir mêmes destins, braver mêmes dangers,

Affronter sans pâlir les flots et la tempête,

Aux boulets ennemis offrir cent fois ma tête,

Me faire ton esclave, et d'un bras inhumain

En longs sillons de sang marquer notre chemin,

Pour te voir aujourd'hui, dédaigneuse et volage,

Me renier, me fuir, me jeter sur la plage,

Te parer pour un autre, et livrer à tous ceux,

Pour un autre, ta voile aux larges plis mourants'

Et pourtant je t'aimais; je t'aimais, ô folie!

Comme deux troncs de mât qu'un nœud de fer relie,

Mon honneur dans le tien se fondait à demi :

Quiconque t'insultait était mon ennemi.

Fils des flots, étranger aux plaisirs de la terre,

Je t'avais pour patrie, et pour vierge et pour mère.

Sur ton pont libre et pur, aussi puissant qu'un roi,

O ma corvette, alors, que j'étais fier de toi!

Fier comme un jeune époux qui d'une main jalouse

Vers le lit nuptial conduit sa jeune épouse,

Et qui, du seuil, entend le convive enchanté

Louer à mots discrets sa grâce et sa beauté.

Car il fallait la voir, ma corvette infidèle,

Comme elle était coquette et comme elle était belle,

Quand, sous un ciel d'été, le flot, calme et serein,

Empruntait les reflets de sa robe d'airain ;

Lorsque ses mâts hautains se miraient dans l'eau pure,

Ou quand les noirs canons qui formaient sa ceinture,

Aux rayons de la lune argentant les flots verts,

Dans l'ombre étincelaient comme autant d'yeux ouverts.

Sa voilure était forte et svelte, et sans rivale ;

Son hardi gouvernail méprisait la rafale.

Et, quand d'un cours égal le vent daignait souffler,

Sa carène filait douze nœuds sans trembler ;

Un sillon régulier d'écumeuse poussière

La suivait, révélant sa marche régulière.

Et moi, d'un mot, d'un cri, d'un geste triomphant,

Je domptais son ardeur comme on dompte un enfant ;

Gouvernant à mon gré cette superbe reine,

Mon âme lui soufflait le pardon ou la haine.

Qu'un navire ennemi hasarde à l'horizon

Ses trois mâts surmontés du rouge pavillon :

Vite, aux armes ! Soudain de l'avant à l'arrière

Ma corvette vêtait sa parure guerrière.

Déployant plus d'atours pour le combat naval

Qu'une vierge à seize ans n'en déploie en un bal.

Le mousse prévoyant double chaque poulie,

L'arsenal livre au jour sa riche panoplie,

La soute ouvre un passage à la foudre qui dort,

La canonnade en feu gronde à chaque sabord,

Les drapeaux déroulés frissonnent jusqu'au faîte;

Tout s'anime, tout rit, tout prend un air de fête,

Et, debout à leur poste, officiers et marins

Attendent le signal avec des cœurs sereins.


O gloire! être le fil qui tient la trame ourdie,

L'étincelle qui porte en son sein l'incendie!

Être un centre, un oracle, un point de mire où tend

De vos fiers compagnons le regard haletant!

Ouvrir d'un mot les plis de son âme fermée

Pour en faire jaillir le destin d'une armée!

O gloire!... Un tel pouvoir fut le mien autrefois!

De tes flancs le trépas s'élançait à ma voix,

Ma corvette; à ma voix la puissante carène

Bondissait sur les flots comme un coursier sans rêne;

Tes cent bouches d'airain hennissaient ; les naseaux
De deux sillons d'écume au loin couvraient les eaux.
Quelle ivresse ! quels cris ! quand sonnait l'abordage,
Quand pleuvaient sur le pont boulets, mâts et cordage,
Quand les ardents lutteurs s'accrochaient flanc à flanc,
La tête dans la flamme et les pieds dans le sang !
Les grondements du bronze et le choc des épées,
Les gémissements sourds des nefs entre-frappées,
Et le sang et la poudre en vapeur s'exhalant,
Pénétraient le cerveau d'un mâle enivrement.
S'armer, voler, combattre et frapper quelque proie,
Et se couvrir de sang, étaient besoin et joie.
Dans ces terribles jeux que je ne dois plus voir,
O mon poignard ! tu fis noblement ton devoir.
Avec moi, sous le toit qui m'offre son asile !
Hélas ! ton fil tranchant va dormir inutile,
Mon fidèle poignard, seul témoin du passé,
Seul ami que l'ingrate en fuyant m'ait laissé.

La voici qui décline à l'horizon : sa voile

Apparaît sur les flots comme aux cieux une étoile ;

Le vent souffle, l'espace entre nous s'élargit :

Ce n'est qu'un point... puis... rien que le flot qui mugit.


Adieu, mon beau nid d'aigle ! adieu, corvette aimée !

Arche de mes beaux jours envolés en fumée :

Patrie où je n'avais d'autre maître que Dieu ;

Vaste mer, qui trente ans soutins mes pas, adieu !

Vous ne me verrez plus sur la vague écumeuse

Suivre de bords en bords ma course aventureuse,

Traîner à la remorque un trois-mâts capturé

Passer partout front haut, et d'un bras assuré

Déployer à tous vents dans un reflet de gloire

Le pavillon de France, arc-en-ciel de victoire.

Le poids devenait lourd à ma trop faible main .

Quand le coursier s'épuise on le laisse en chemin.

ENVOI

Enfin, grâces aux dieux, la bise plus docile
Laisse dormir en paix la chambre où je m'exile,
Et les djinns redoutés, fils de l'ombre et du vent,
Cessent par leurs combats d'ébranler mon auvent.

Sans doute, amis des champs, la nature éveillée

Sème devant vos pas sa couronne effeuillée,

Et Bulbul, que l'hiver exila si longtemps,

Vous dit à son retour la chanson du printemps,

Car le printemps pour vous est plein de douces choses,

Pour vous l'aube sourit, pour vous naissent les roses;

Le ciel, pour vos loisirs, donne une âme aux oiseaux,

Aux brises la fraîcheur, l'harmonie aux ruisseaux.


Heureux l'homme des champs s'il connaît sa richesse!

Heureux, trois fois heureux, si quelque dieu le presse;

Si sa main, pour tenter de célestes labeurs,

Sur l'autel du génie enlace quelques fleurs!

Tout agrandit son âme et parle à sa pensée.

A lui l'horizon vaste où la nue est bercée,

Les forêts que le vent roule en certs tour....s.

Et la plaine qui fuit de sillons en sillons.

A lui les rêves d'or, l'idéal, l'existence.

La sève à flots l'inonde: il sent, il rit, il pense.

L'homme a brisé sa chaîne, et dans ces jours bénis

Il se relève dieu. Mais nous, pauvres bannis,

Nous que la grande ville, insensible marâtre,

Garde dans les replis de sa prison noirâtre,

Et que le temps emporte au hasard dans son cours,

Nous n'apprenons, hélas! le réveil des beaux jours

Que quand le Chien, volant sur sa roue enflammée,

Laisse le sol sans fange et l'âtre sans fumée.

A peine entre les toits croisés en angle obscur

Notre œil entrecoit-il un point du ciel d'azur;

Et c'est tout : pas d'oiseaux, pas de fleurs, pas de plaines,

Ni de ruisseaux plaintifs, ni de fraîches haleines :

Point de sang pur au cœur, point de flamme au cerveau :

Paris sur tous nos jours passe un fatal niveau.



Ma muse cependant, vierge née au village,

Se souvient à Paris des jours de son jeune âge,

Et sur ce sol ingrat où ne germe que l'or

Cherche encor, comme au champ, des fleurs, son seul trésor.

Bien pauvre est la moisson; mais plus pauvre fût-elle,

Tout don se prise au cœur...; et déjà sur son aile

Le ramier voyageur se soulève à demi

Pour vous porter ces fleurs et mon salut ami.

FIN DE LA PREMIÈRE GERBE

# TABLE

FIN DE LA TABLE

Imprimé par Poupart-Davyl et Comp.,
30, rue du Bac.

www.ingramcontent.com/pod-product-compliance
Lightning Source LLC
Chambersburg PA
CBHW071115260626
47162CB00006B/2331